SOS
Sirènes

Cali joue le jeu

SOS Sirènes

SOS
Sirènes

Cali joue le jeu

Lisa Ann Scott

Illustrations de
Heather Burns

Texte français de
Isabelle Allard

SCHOLASTIC

Édition publiée par les Éditions Scholastic, 604, rue King Ouest,
Toronto (Ontario) M5V 1E1.

5 4 3 2 1   Imprimé au Canada 121   20 21 22 23 24

Conception graphique du livre : Yaffa Jaskoll

Pour mes neveux, Luke et Anthony,
mes jumeaux préférés (qui savent
ce qu'est la compétition!)

Chapitre 1

La professeure Korla redonne les examens aux élèves siréniens et aux ponippocampes magiques de l'École de sauvetage des sirènes royales. Sa longue et jolie queue balaie le sol quand elle retourne à son bureau.

— Certains d'entre vous ont bien réussi cet examen, déclare-t-elle. Mais d'autres auraient dû étudier davantage l'identification des plantes aquatiques.

La princesse Cali regarde sa feuille, puis

jette un coup d'œil à celle de son frère. Ils ont tous deux obtenu 97. Elle fronce les sourcils et lève la main.

— Est-ce qu'on peut faire quelque chose pour obtenir des points supplémentaires?

— Oui, dit l'enseignante, mais tu as très bien réussi, Cali.

Tout comme Flot.

— Je voudrais une note parfaite, réplique Cali.

Une note qui lui permettrait de se démarquer de son frère. Ils sont toujours perçus comme « Cali et Flot », « Flot et Cali » ou « les jumeaux ». Depuis neuf ans, tout le monde les considère comme une unité indissociable.

Maintenant qu'ils fréquentent l'École de

sauvetage des sirènes royales, Cali est prête à briller par elle-même. Il le faut. Elle va partir en mission avec sa partenaire ponippocampe, Rio. Flot ne sera pas toujours avec elle. Cali doit donc prouver qu'elle peut accomplir des choses sans lui. Elle veut être la meilleure. Du moins, être meilleure que son frère.

L'enseignante croise les bras.

— Très bien. Tous ceux qui veulent des points supplémentaires peuvent ramasser des échantillons de cinq plantes et les présenter à la classe demain.

— Et si j'en apporte six au lieu de cinq? demande Flot.

— Cela ne te donnera pas une note plus haute que 100, mais si tu y tiens, tu peux en apporter six.

Alors, je vais en apporter sept, pense Cali.

Elle ne peut laisser Flot la surpasser dans aucun domaine.

Elle se tourne vers sa partenaire ponippocampe magique.

— On commencera à chercher après les cours.

Rio la regarde d'un air hésitant.

— Je suis satisfaite de ma note de 93. Si on va chercher des plantes, on n'aura pas beaucoup de temps pour lire le livre sur les animaux de compagnie. Il faut que tu décides celui que tu veux. Et tu n'as pas vraiment besoin de ces points supplémentaires.

Cali fronce les sourcils. Elle déteste se chamailler avec Rio, qui est une partenaire formidable, toujours gentille et de bonne humeur. Mais il faut avouer qu'elles ne sont pas toujours d'accord.

— On pourra parler d'animaux tout en cherchant, réplique-t-elle. J'aimerais que Flot et moi ayons chacun notre animal. Mais papa et maman disent qu'on doit se mettre d'accord pour en choisir un qu'on partagera.

— Une anguille électrique serait super,

intervient Flot en souriant. On s'amuserait tellement avec elle!

Cali pousse un soupir.

— Pourquoi pas un poisson-globe? Ils sont si mignons!

— Ils sont ennuyants, proteste son frère. On devrait choisir quelque chose de spécial.

— Je ne sais pas si vous arriverez à vous mettre d'accord, intervient Jusant, le ponippocampe de Flot.

— Il faut décider avant de repartir chez nous dimanche, rappelle Cali. Sinon, on n'en aura pas du tout.

Mais elle craint que Jusant ait raison. Ces derniers temps, Flot et elle se disputent plus que d'habitude, à propos de tout et de rien! Comment pourront-ils s'entendre sur un sujet aussi important qu'un animal de compagnie?

La cloche sonne et la professeure Korla referme le manuel sur son bureau.

— Le cours est terminé. Assurez-vous d'arriver à l'heure demain. J'aurai une annonce à faire.

Les élèves discutent entre eux en sortant de la classe, curieux de savoir ce qu'elle va leur annoncer.

Cali se précipite à l'extérieur et fait une culbute.

Flot nage vers elle et exécute deux culbutes.

Cali met les mains sur ses hanches :

— Je peux faire mieux que ça!

Elle fait une triple roulade.

Flot tourne quatre fois sur lui-même. Cali renchérit avec cinq culbutes. Flot en fait six.

Rio pousse un soupir.

Jusant secoue la tête.

— Ne m'obligez pas à vous frapper avec une bulle incapacitante.

Cali éclate de rire. Ce serait amusant à voir, surtout que Flot est si fier de la magie marine de Jusant. Ses bulles incapacitantes sont impressionnantes, mais Rio peut souffler des bulles de protection. Après avoir choisi leur ponippocampe lors de la Cérémonie des paires, les jumeaux ont passé des heures à discuter pour savoir quelle magie marine était la meilleure.

Les amies de Cali s'approchent d'elle.

— Viens, Cali. Allons chercher des

plantes, dit la princesse Nixie.

Cali est tout étourdie.

— Attends, je dois faire sept culbutes.

La princesse Lana la prend par la main.

— Non, voyons! Tu ne peux même pas nager droit, en ce moment!

— Je suis le champion des culbutes! s'écrie Flot en levant les mains dans les airs. Veux-tu venir chercher des plantes avec moi?

Cali s'apprête à dire oui, puis se ravise en pensant qu'il espère sûrement qu'elle soit là pour pouvoir se vanter de trouver plus de plantes qu'elle.

— Non, merci.

Le sourire de son frère s'évanouit.

— Comme tu voudras, dit-il en s'éloignant.

— Pourquoi Flot copie-t-il toujours ce que je fais? gémit Cali.

C'est difficile de se démarquer avec son frère à ses côtés.

— Vous avez toujours tout fait ensemble, répond Rio.

Cali croise les bras.

— On n'est plus des bébés!

— N'y pense plus, ajoute Rio. Allons au parc. Tu pourras prendre des échantillons dans le jardin d'algues. Ensuite, on lira le livre sur les animaux de compagnie.

Elles nagent jusqu'au parc, où elles voient Flot avec ses amis Dorado et Draco.

Flot brandit une poignée de plantes.

— J'en ai déjà cinq!

— Tant mieux pour toi, réplique Cali en

faisant de son mieux pour l'ignorer.

— Je me demande ce que la professeure Korla va annoncer demain, dit Lana.

— Plus de devoirs pour le reste de l'année? lance Nixie à la blague.

— Je serais bien d'accord! s'écrie Cali.

Ses amies éclatent de rire.

— Regardez combien de temps je peux tenir sur mes mains! crie Flot en se mettant à l'envers, les mains sur le sol marin sablonneux. Je parie que tu ne peux pas tenir plus longtemps, Cali!

— Ne l'écoute pas, Cali, chuchote Rio.

Mais Cali ne peut pas s'en empêcher. Elle est très douée pour se tenir sur les mains, et son frère le sait très bien. Elle nage vers lui et se place à l'envers.

— Je peux faire ça toute la journée, dit-elle.

— Je pourrais rester toute la semaine si je voulais, réplique Flot.

— Je pourrais passer le reste de ma vie comme ça, rétorque-t-elle.

— Cali, viens ramasser des plantes! lance Lana.

Cali tourne la tête pour regarder son amie... et perd l'équilibre.

— Ha, ha! J'ai gagné! dit Flot.

— Peuh! Je suis plus rapide que toi!

Elle file à travers le parc et son frère s'élance à sa suite.

Elle le précède toujours quand la sœur aînée de Nixie, la princesse Cascadia, entre dans le parc. Elle fait aussi partie de l'Équipe

de sauvetage des sirènes royales, mais a obtenu son diplôme de l'école l'année précédente.

— Hé, tout le monde! crie-t-elle.

Cali et Flot interrompent leur course.

Cascadia ajoute, les yeux écarquillés :

— J'ai besoin de votre aide!

Chapitre 2

Cali nage vers Cascadia et lui demande :

— Qu'est-ce qui se passe?

Les autres siréniens et ponippocampes s'approchent à leur tour.

— Je viens de recevoir un appel sur mon coquillage de secours, répond Cascadia. Des bébés pieuvres ont besoin d'aide pour rentrer à la maison. Vous n'avez rien entendu?

— Non, dit Cali.

Elle espère que ce n'est pas parce que tout

le monde était distrait par sa compétition avec Flot.

— J'ai probablement reçu l'appel parce que j'étais plus près, ajoute Cascadia. Bon, venez avec moi. Ce sera une bonne expérience. Et j'ai besoin de votre aide! Les petites pieuvres sont si minuscules qu'elles nous glissent entre les doigts. Sortez vos coquillages de communication pour pouvoir les comprendre.

Les membres de l'équipe de sauvetage aident toutes les créatures de la mer, pas seulement les siréniens. Cali est heureuse de partir en mission. Elle espère qu'elle pourra se démarquer aujourd'hui.

— Suivez-moi! lance Cascadia.

Flot lève le bras dans les airs.

— L'Équipe de sauvetage des sirènes royales à la rescousse!

Ils suivent tous Cascadia jusqu'au récif de corail en bordure de la ville. Ils aperçoivent bientôt de minuscules créatures qui flottent dans le courant.

— Elles sont adorables! dit Cali.

Les petites pieuvres ont de grands yeux et de courtes pattes frétillantes. Cali en voit au moins deux douzaines, mais elles sont si rapides qu'il est difficile de les compter.

— On a été emportées loin de chez nous, dit l'une des pieuvres.

— On ne sait pas comment revenir, ajoute une autre.

— Je vais vous aider, propose Cali.

Nixie lui jette un coup d'œil étonné.

— On va tous les aider!

— Rassemblons-les pour les ramener à leur cuvette de marée, dit Cascadia. Et faites attention! Ce sont de petites voleuses avec leurs tentacules. Elles peuvent prendre vos bijoux ou vos attaches à cheveux sans que vous vous en rendiez compte. Elles adorent les babioles.

Les siréniens tentent de rassembler les petites créatures, mais elles semblent penser qu'il s'agit d'un jeu. Elles s'éloignent en gloussant et en projetant des jets d'encre.

Cali en tient une dans sa main, mais elle la chatouille tellement qu'elle doit la lâcher.

— Arrête! J'essaie de t'aider!

Lana en tenait une à deux mains, mais la pieuvre a réussi à s'échapper.

— Hé! Elle a pris ma bague! s'écrie Lana en se lançant à sa poursuite.

Trois pieuvres lancent de l'encre au visage de Flot, et Cali ne peut s'empêcher de rire.

— Comment va-t-on réussir à toutes les attraper? demande Nixie.

— Jusant pourrait les immobiliser avec ses bulles incapacitantes, propose Flot. Cela ne leur ferait pas mal et elles resteraient tranquilles durant quelques minutes.

Jusant souffle quelques bulles, mais les pieuvres les contournent pour les éviter.

Cali a une autre idée :

— Je sais! Rio va s'en occuper. Rassemblons-les au même endroit.

Elle regarde sa partenaire et hoche la tête. Tout le monde sera impressionné!

Ils réussissent à regrouper les pieuvres près d'un gros morceau de corail, et Rio souffle une bulle de protection pour les englober.

—Je fais souvent ça pour qu'on soit tranquilles, Cali et moi, explique Rio.

—Cela les empêchera de s'éloigner! termine Cali.

— Bonne idée! décrète Cascadia. Apportons cette bulle à la cuvette de marée. C'était une excellente façon d'utiliser ta magie marine, Rio. Très impressionnant.

Cali voudrait souligner que c'était son idée, mais elle garde le silence.

Les siréniens poussent tour à tour la bulle. Les petites pieuvres semblent bien

s'amuser à l'intérieur en tournant et en culbutant.

Une fois à destination, Rio crève la bulle, libérant les pieuvres qui sortent en riant à qui mieux mieux. Elles nagent vers des crevasses et des recoins de la cuvette.

Une pieuvre serait un bon animal de compagnie... si elle ne crachait pas d'encre, pense Cali.

Ses parents n'aimeraient sûrement pas cette caractéristique.

Elle compte les petites bêtes frétillantes et n'en voit que 23.

— Il n'y en avait pas 24?

— Je ne sais pas. Elles bougeaient trop vite pour que je puisse les compter, dit Lana en soupirant.

— Bravo, tout le monde! déclare Cascadia.
Merci de votre aide.

Cali baisse la tête, déçue que Cascadia ne
l'ait pas félicitée d'avoir trouvé la solution.

— Je rentre chez moi, annonce Cascadia.
Vous devriez retourner à l'école.

— Oui! C'est l'heure du souper! lance
Dorado.

— J'ai faim après tous ces efforts,
renchérit Nixie.

— Quelle mission amusante! s'exclame
Lana.

Aucun de ses camarades ne souligne
qu'elle a sauvé la situation avec son idée. Cali
nage vers l'école, mais n'a pas d'appétit.

Les siréniens et ponippocampes se
rendent à la cafétéria et remplissent leurs

plateaux.

— Miam, des oursins! Je vais en manger toute une assiette, annonce Flot avant de se tourner vers sa sœur. Tu te souviens à l'anniversaire de papa, quand on en a mangé une tonne? Je parie que je peux en manger plus que toi!

Cali trouve les oursins trop salés, mais elle commence tout de même à remplir son assiette.

— Voyons! Je vais en manger encore plus.

— Tu ne les aimes même pas, fait remarquer Rio.

— Mes goûts ont peut-être changé, réplique Cali en ajoutant du varech et des œufs de poisson dans son assiette.

Elle va s'asseoir avec ses amies à la table

voisine de celle de Flot. Son frère avale un oursin. Puis un autre, et encore un.

Cali serre les lèvres, puis place un oursin dans sa bouche et le mâche le plus vite qu'elle peut. Elle fait la grimace et repousse son assiette. Flot peut bien gagner cette fois!

Il lève les mains dans les airs.

— Je suis le champion mangeur d'oursins!

— Dis donc, quel honneur! blague Marina,

la ponippocampe de Lana.

Flot incline la tête.

— Merci, merci!

Cali lui jette un regard furieux.

— Hé, Cali! dit Nixie pour lui changer les idées. Qu'est-ce que la prof va nous annoncer demain, d'après toi?

— Aucune idée, mais j'ai hâte de le savoir!

— Moi aussi, ajoute Lana.

Quelle que soit cette nouvelle, Cali espère qu'elle lui donnera l'occasion de faire ses preuves – peu importe dans quel domaine. Ou du moins, de surpasser Flot.

Chapitre 3

Le lendemain, en arrivant en classe, Cali se hâte d'aller s'asseoir à sa place. Elle est impatiente d'entendre ce que la professeure Korla veut leur annoncer. Lorsque cette dernière entre dans la pièce avec la directrice Vanora, Cali devine qu'il s'agit d'une nouvelle importante.

Tous les élèves cessent de parler.

— Bonjour, dit la professeure. Comme vous le savez, l'année scolaire tire à sa fin.

Nous avons donc voulu faire quelque chose de spécial... et d'amusant!

— Nous organisons un tournoi pour couronner le meilleur élève sirénien de l'année, poursuit la directrice. Les élèves de première et de deuxième année peuvent participer.

Des applaudissements éclatent dans la pièce. Cali est si excitée qu'elle ne tient pas en place. Ce sera le moment de faire ses preuves. Il faut absolument qu'elle gagne!

— Ce tournoi a aussi pour but d'aider Astoria, continue la directrice. Certaines épreuves permettront de procurer des services et des matériaux à la ville.

— Vous pourrez accumuler des points à chaque épreuve, ajoute la professeure Korla.

L'élève ayant le plus de points à la fin sera nommé élève de l'année et recevra ceci.

Elle brandit une médaille.

Cali échange un regard ravi avec Rio, puis voit Flot qui tape dans la main de Dorado, comme s'il avait déjà gagné.

— Quelles seront les épreuves? demande Cali.

— La première sera la récolte de perles, pour voir qui peut en rapporter le plus, répond la directrice. Nous utiliserons les perles pour réparer les portes d'Astoria.

— Ce sera amusant! s'exclame Lana.

Cali est enthousiaste. Les huîtres s'ouvrent quand on chante devant elles. Ce sera l'occasion de démontrer son talent pour le chant.

— La deuxième épreuve consistera à peindre des coquillages qui seront distribués dans le royaume, reprend la directrice. L'élève qui en peindra le plus et celui qui peindra le plus joli seront les vainqueurs.

— Et pour la troisième épreuve, il faudra ramasser des déchets dans l'océan, ajoute la professeure Korla. Ainsi, nous contribuerons tous à nettoyer notre magnifique Astoria.

Ça ne semble pas aussi amusant que de peindre des coquillages ou de récolter des perles, mais Cali sait qu'elle peut réussir.

— Ces épreuves se dérouleront samedi prochain, dit la directrice. Dimanche, il y aura une récolte de corail luisant pour les lampadaires, suivie d'une course d'obstacles. Ensuite, nous nommerons le grand vainqueur.

Des exclamations excitées fusent dans la classe.

—Ces épreuves ne s'adressent qu'aux siréniens royaux, précise la directrice. Vos ponippocampes peuvent vous encourager, mais ne peuvent pas accomplir les tâches pour vous.

—Il y aura 50 points additionnels pour quiconque rapportera l'Étoile nocturne ou le Trident de protection, dit la professeure en montrant une ancienne illustration qui représente le Trident et ses joyaux.

—Comme vous le savez, ajoute la directrice, la Perle insondable et le Diamant de mer ont déjà été récupérés. Si nous pouvions trouver l'Étoile nocturne et le

Trident, nous serions peut-être en mesure de recouvrer les pouvoirs protecteurs qu'ils conféraient auparavant à nos mers.

Les amies de Nixie ont trouvé le Diamant de mer près de la faille et Lana a ramené la Perle insondable des mers du Nord.

Cali serait tellement fière de présenter le Trident ou l'Étoile nocturne à la directrice! Cela lui permettrait certainement d'être

reconnue à sa juste valeur. Mais où peuvent-ils être? Ils sont peut-être perdus pour toujours. Ou pire encore... ils pourraient se trouver au fond de la faille, la partie la plus dangereuse de l'océan.

— Le tournoi aura lieu la fin de semaine prochaine, dit la directrice Vanora. Ce sera un événement formidable.

— Il est maintenant temps de revenir à nos études, déclare la professeure. Ceux qui ont des échantillons de plantes peuvent les présenter.

Flot montre ses huit plantes – une de plus que Cali. L'enseignante hausse leurs notes à 100.

Le reste de la journée, Cali ne peut s'empêcher de penser au tournoi. Ce serait si excitant d'être nommée l'élève de l'année. C'est une chose que Flot et elle ne pourront pas partager, car un seul élève peut remporter le tournoi. Elle préférerait ne pas avoir à rentrer chez elle cette semaine. Elle voudrait que le tournoi commence maintenant!

À la fin de la journée, les élèves rassemblent leurs affaires afin de rentrer chacun dans leur royaume.

Cali s'approche de son frère.

— Souviens-toi qu'on doit dire à maman et papa quel animal de compagnie on veut. Sinon, on n'en aura aucun!

Malheureusement, ils doivent décider ensemble. Cet animal sera celui de « Cali et Flot ». L'animal des jumeaux.

— On pourrait décider ensemble, dit son frère en haussant un sourcil. Ou bien on pourrait faire une compétition! Le gagnant choisirait notre animal de compagnie.

Cali est intriguée.

— Quel genre de compétition?

Flot réfléchit un moment, puis claque des doigts.

— Celui qui arrivera le premier chez nous pourra choisir.

Jusant et Rio échangent un regard inquiet.

— D'accord! dit Cali, certaine de pouvoir le battre.

— Ça commence... maintenant!

Flot s'élance dans l'eau, aussitôt suivi par sa sœur.

Chapitre 4

Le trajet jusqu'à leur royaume dure quelques heures. Cali file devant Flot, mais il finit par la rattraper. Ils prennent la tête tour à tour jusqu'à ce qu'ils aperçoivent leur château.

— Faites une pause, leur crie Rio.

Mais Cali veut *absolument* gagner. Qui sait ce que Flot choisirait comme animal de compagnie? Elle nage le plus vite possible, mais son frère, dans une dernière poussée d'énergie, la devance de quelques centimètres.

— Youpi! s'écrie-t-il en tournant sur place. J'ai gagné! Je vais choisir notre animal!

Cali pousse un soupir.

— S'il te plaît, ne choisis pas quelque chose d'horrible.

— Bien sûr que non! réplique-t-il en haussant les sourcils. Je vais prendre un animal amusant.

Leurs parents, le roi et la reine de Coquina, sortent du château.

— Bienvenue à la maison!

Leur mère les serre dans ses bras et leur père les embrasse sur la joue.

— Il va y avoir un grand tournoi à l'école la semaine prochaine! leur annonce Cali.

— Le vainqueur remportera une médaille et sera nommé élève de l'année, ajoute Flot, encore essoufflé.

— C'est excitant! s'exclame leur mère.

— J'ai hâte de connaître le résultat, dit leur père. En attendant, avez-vous choisi votre animal?

— Je pense toujours qu'on devrait avoir chacun le nôtre, dit Cali.

— Non, c'est un animal que vous devrez partager, réplique son père.

Flot sourit.

— On vous donnera notre réponse demain.

— Je suis heureuse de voir que vous êtes capables de prendre cette décision ensemble, dit leur mère d'un air soulagé.

Cali soupire. *Ensemble.* Pourquoi leurs parents ne comprennent-ils pas qu'elle aimerait faire des choses par elle-même?

— Parfait! déclare leur père. Je savais que vous trouveriez une solution.

Rio et Jusant échangent un regard perplexe.

Le reste de la soirée, Flot feuillette un livre sur les créatures marines.

— Pourquoi pas un requin-lutin? Regarde!

Il brandit un livre montrant la sinistre bête.

— Non! Ce serait un très mauvais animal de compagnie! s'exclame Cali.

— Allons, lis au moins sur le sujet! On serait les seuls à en avoir un.

—Si les autres sirenfants n'en ont pas, c'est qu'il y a une bonne raison.

—Bon, que dirais-tu de celui-ci?

Il lui montre une image si terrifiante qu'elle ne sait même pas de quoi il s'agit.

Elle lui tourne le dos et refuse de regarder. Pourquoi doit-elle avoir un jumeau?

Le lendemain matin, la famille déjeune

ensemble avant le départ des jumeaux pour l'école primaire de Coquina.

— Alors, qu'avez-vous décidé? demande leur père.

Flot sourit.

— Il a fallu longtemps pour faire un choix, mais on aimerait avoir une murène!

Cali réprime une exclamation de surprise, et se force à sourire au dernier moment.

Sa mère la regarde, étonnée.

— Vraiment?

Elle hoche la tête.

— On s'est dit que ce serait un animal intéressant, explique Flot.

— Très bien, répond leur père. On ira en choisir une au refuge à votre retour de l'école.

Sur le trajet de l'école, Cali refuse de parler à son frère.

— Tu étais d'accord pour la compétition! lui rappelle Flot.

Elle serre les poings et réplique :

— Tu as choisi un animal horrible parce que tu savais que ça me rendrait furieuse!

Flot lui jette un regard surpris.

— Mais non. Je pense vraiment que ce sera super! Donne-lui une chance.

— Très bien, soupire-t-elle.

Toutefois, elle est convaincue qu'elle n'aimera jamais avoir une murène comme animal de compagnie.

Ils nagent jusqu'à leurs classes respectives. Aujourd'hui, Cali est heureuse qu'ils aient des enseignants différents.

— Comment était l'école de sauvetage? lui demande son amie Kai tandis qu'elle s'assoit à sa place.

— Bien. Il va y avoir un grand tournoi la fin de semaine prochaine.

Elle raconte tous les détails à ses amies.

— J'espère que tu vas gagner, dit Raina.

— Moi aussi. Je voudrais qu'on me voie autrement que la jumelle de Flot. Et s'il gagne, je n'ai pas fini d'en entendre parler!

C'est agréable de passer quelques heures sans son frère. Mais dès la fin des cours, il nage vers elle.

— Allons chercher notre murène! Tu pourras choisir son nom.

Il lui donne un petit coup de coude.

Cali se force à sourire. Peut-être que ce

ne sera pas si terrible comme animal. Tout est possible.

Leurs parents les emmènent au refuge, en ville. Cali est excitée en voyant tous les animaux intéressants offerts en adoption, comme les hippocampes feuilles. Elle observe nerveusement les aquariums en se croisant les doigts. *J'espère qu'ils n'ont pas de murènes.*

— Cali, viens voir! crie Flot.

Elle nage jusqu'à l'aquarium qui contient une petite murène. Cette dernière la regarde en crachant.

— Super, marmonne-t-elle en retenant ses larmes.

— C'est elle que je veux! crie Flot.

— Tu veux dire que c'est elle que vous

voulez? demande sa mère.

— Oui, c'est ce que je voulais dire. Comment va-t-on l'appeler, Cali?

— Je ne sais pas, dit-elle en reculant, car la murène a tenté de la mordre. Féroce? Croquette?

Flot lève un poing dans les airs.

— Oui! Viens, Croquette. Tu vas te plaire avec nous.

Flot passe le reste de la soirée à jouer avec Croquette pendant que Cali lit un livre.

— Tu ne veux pas jouer avec eux? lui demande sa mère.

— Non, merci.

Croquette lui fait peur, mais elle ne veut pas l'admettre. Surtout pas devant Flot.

Toute la semaine, elle évite la murène du

mieux qu'elle peut. Ainsi que son frère.

Le samedi matin, les jumeaux terminent leur déjeuner et se préparent à partir pour l'école de sauvetage.

Flot soulève Croquette pour la mettre dans son sac.

— Tu l'emmènes avec nous? demande Cali.

— Je ne peux pas la laisser ici. C'est notre animal.

— C'est toi qui vas t'en occuper.

— J'ai hâte de la montrer à tout le monde!

— Assure-toi de la laisser dans ta chambre pendant le tournoi, conseille Cali.

— Bien sûr!

Leurs parents sortent pour leur dire au revoir.

— Faites de votre mieux pendant le tournoi, dit leur père. Et amusez-vous bien!

Cali jette un regard mécontent à Flot et à Croquette. Elle est plus déterminée que jamais à être la meilleure. Car voilà ce qui arrive quand c'est Flot qui gagne!

Chapitre 5

De retour au dortoir de l'école de sauvetage, Flot montre Croquette à leurs amis.

— Vous avez choisi une murène? s'étonne Lana.

— C'est Flot qui l'a choisie, répond Cali.

— Elle est géniale, non? s'exclame Flot. Un adorable petit monstre!

— Je suppose, dit Dorado en reculant devant la murène qui montre ses crocs.

— Allons à l'école pour commencer le

tournoi, lance Nixie.

Flot met Croquette dans un aquarium, puis ils nagent jusqu'à l'école.

Les enseignants et la directrice les attendent à l'extérieur.

— Bienvenue à la première épreuve! dit cette dernière aux élèves en les conduisant aux lits d'huîtres. Il nous faut de nouvelles perles pour réparer les portes d'Astoria. Prenez chacun un sac et commencez la récolte. Vous avez une heure. Que le tournoi commence!

Cali se met aussitôt au travail. Elle chante pour les huîtres et tapote leur coquille. Elles s'ouvrent lentement pour qu'elle puisse prendre les perles à l'intérieur. Cali sourit, sachant à quel point Flot déteste chanter.

Et c'est le seul moyen d'ouvrir les huîtres.

Les autres élèves vont et viennent parmi les huîtres, récoltant des perles. Leurs voix résonnent dans l'eau. Cali chante plus fort, dans l'espoir que ses camarades remarquent son talent.

Soudain, elle entend Flot crier :

— Ouvrez-vous, les huîtres! Allez!

Ouvrez-vous!

Toutes les huîtres autour de lui se mettent à ouvrir et à refermer leur coquille. Elles sont agitées et certaines tentent même de s'enfouir dans le sable. Il est évident qu'elles sont perturbées, mais Flot parvient à prendre des dizaines de perles.

— Hé, tu es censé *chanter* pour elles! dit sa sœur.

Il hausse les épaules.

— Ma méthode a l'air de fonctionner. Essaie donc!

— Non!

Cali continue de chanter, plus fort et plus vite, ramassant perle après perle. Mais elle remarque que le sac de Flot est bien rempli. Elle accélère la cadence et tapote les coquilles avec plus d'empressement, mais n'arrive pas à récolter autant de perles que son frère.

Et personne ne l'a complimentée sur sa voix.

La directrice donne un coup de sifflet et annonce :

— L'heure est terminée! Apportez-moi vos perles.

Cali soulève son sac et observe la récolte de ses camarades. Le sac de Flot déborde de perles.

— Nous allons compter, déclare la directrice, mais je vois déjà que Flot en a plus que les autres. Il semble avoir trouvé une nouvelle méthode pour récolter les perles. Bravo!

Cali serre les dents. Personne n'a remarqué qu'elle chante bien, et Flot reçoit des félicitations pour ses cris?

— Flot obtient 10 points, annonce la professeure Korla.

— Youpi! s'écrie le garçon en tournant sur place.

Cali lui jette un regard mécontent. Elle trouve cela injuste qu'il ait obtenu les perles en criant et non en chantant. Ce n'est pas ainsi qu'il faut faire!

— Ce n'est pas grave, lui dit doucement Rio. Je sais que tu es déçue, mais c'est seulement la première épreuve.

Cali hoche la tête et prend une grande inspiration.

— Tu as raison.

Elle devra redoubler d'efforts durant la prochaine épreuve.

Ils vont au parc, où ils font une pause pour dîner. Cali mâche silencieusement un sandwich au varech. Flot est assis près d'elle et avale des oursins.

— Six oursins! J'ai battu mon record! Peux-tu faire mieux, Cali?

Pourquoi est-il toujours en train de la défier? Elle lui tourne le dos et l'ignore pendant le reste du repas.

— Les enfants, c'est l'heure de la prochaine épreuve! déclare la directrice. Nous allons rester ici pour peindre les coquillages qui décoreront la ville.

Elle se tient près d'une table couverte de coquillages, de peinture et de pinceaux.

— Super! s'écrie Cali, qui adore peindre.
Il faut qu'elle gagne, cette fois.

— Les enseignants jugeront votre travail
et accorderont des points pour le plus beau
coquillage et pour la plus grande quantité,
explique la professeure Korla.

Cali prend une pile de coquillages et se
met au travail. Elle esquisse des dauphins

qui sautent hors de l'eau, puis peint soigneusement son dessin.

— Tu passes beaucoup de temps sur un seul coquillage, remarque Rio.

— Je me suis dit que je pouvais soit en faire beaucoup, soit faire le plus joli. J'ai une bonne chance de gagner le plus joli avec celui-ci.

Après quelques minutes, elle lève la tête

et voit que Flot a peint un gros tas de coquillages. Ils ont des motifs très simples en comparaison avec le sien.

— Hé! dit-elle. Tu as à peine peint ces coquillages!

Flot ne lève pas les yeux.

— Je sais que je ne peux pas peindre le plus beau, mais je peux en faire plus que tout le monde. Personne n'a dit qu'ils devaient être beaux.

Cali se met à paniquer. Aurait-elle dû l'imiter? Surtout que Nixie a peint une magnifique scène sur chacun des siens. Peut-être que celui de Cali ne sera pas le plus joli, après tout.

Les mains tremblantes, elle ajoute quelques détails à son coquillage avant que les enseignants ne signalent la fin de l'épreuve.

Elle nage en long et en large pendant qu'ils jugent leur travail.

— Je ne pense pas que je vais gagner, dit-elle à Rio.

— Ce n'est pas grave. Tu ne peux pas remporter toutes les épreuves!

— Mais je dois en gagner au moins une!

— Ne sois pas si exigeante envers toi-même, dit sa partenaire. Ce qui est important, c'est que tu fasses de ton mieux.

— Nous avons les résultats, déclare la professeure Korla.

— Flot a peint le plus grand nombre de coquillages et Nixie a peint le plus joli, annonce la directrice. Ils obtiennent donc

10 points chacun.

Cali inspire profondément pour ne pas pleurer. Comment est-ce arrivé? Flot a gagné deux épreuves et elle, aucune.

— Maintenant, nous allons disperser les coquillages dans la ville. Prenez-en quelques-uns et revenez ensuite ici pour la prochaine épreuve, ajoute la directrice.

Les élèves se rassemblent autour des coquillages.

— Hé! s'écrie Nixie. Les miens ne sont pas tous là.

— C'est étrange, dit Zip, son ponippocampe.

Flot s'approche de Cali.

— Viens! On va voir lequel de nous deux peut en distribuer le plus! Ce sera amusant.

— Non, merci, dit-elle en prenant une poignée de coquillages.

Elle ne veut pas lui montrer à quel point elle est déçue. Et elle ne veut surtout pas qu'il la batte une nouvelle fois.

Il hausse les épaules et s'éloigne.

Cali ne peut pas laisser son frère remporter ce tournoi. Elle est prête à tout pour lui ravir la victoire.

Chapitre 6

Après avoir réparti les coquillages dans la ville, les élèves reviennent au parc.

— La dernière épreuve de la journée est le ramassage des déchets, déclare la professeure Korla.

Quelques grognements se font entendre.

— Cela va aider Astoria, leur rappelle la directrice. Vous avez deux heures. Nous sonnerons la conque quand le temps sera écoulé. Vous pouvez aller partout dans la ville pour collecter des déchets.

— Apportez plusieurs sacs! ajoute la professeure Korla. Nous espérons que vous en remplirez beaucoup!

Pleine d'espoir, Cali prend cinq sacs.

Ses amies se rassemblent.

— Viens avec nous, lui dit Nixie. On va commencer dans le parc.

Cali ne veut pas être distraite.

— Désolée. Je pense que j'en ramasserai plus si je travaille seule.

— D'accord! À plus tard!

Ses amies s'éloignent à la nage.

Flot s'approche d'elle.

— Veux-tu qu'on y aille ensemble?

— Non!

— C'est quoi le problème? dit son frère en

la regardant partir.

— Attends! crie Rio en s'élançant à sa suite.

Cali et Rio nagent jusqu'en bordure de la ville. Là-bas, une grande quantité de débris ont coulé de la surface. Il ne faut pas longtemps pour remplir un sac. Puis un autre, et encore un. Cali commence à croire qu'elle pourrait remporter cette épreuve.

— Retournons au centre-ville, dit-elle à sa partenaire.

Elles nagent devant quelques maisons. La plupart des siréniens vivent au centre de la ville, mais d'autres préfèrent s'installer en périphérie. Cali fait signe à une sirène plus âgée qui sort de sa maison avec un sac, qu'elle dépose près de sa boîte aux lettres.

La sirène lui sourit.

— Es-tu la nouvelle éboueuse?

Cali éclate de rire.

— Non, je fais juste ramasser des déchets pour une compétition scolaire.

La dame désigne son sac.

— Ajoute-le à ta collection, alors. Merci!

Elle rentre chez elle avant que Cali puisse lui dire que ça ne fonctionne pas ainsi.

— Dommage que tu ne puisses pas l'utiliser, dit Rio. Tu aurais quatre sacs pleins!

— Eh bien, la directrice a dit qu'on pouvait les prendre n'importe où en ville. Et on est en ville, ici.

— Ce n'est pas ce qu'elle voulait dire.

Cali se penche pour prendre le sac. Des déchets en tombent et elle les remet à l'intérieur.

— Je n'enfreins pas le règlement. Tu vois? Je ramasse des ordures.

— Tu trouves vraiment que c'est juste? insiste Rio. Tu n'étais pas contente quand Flot criait après les huîtres.

— Je n'ai rien fait de mal. Cette dame m'a offert son sac. Et peut-être que les courants auraient répandu les ordures si je ne l'avais pas pris.

— Selon moi, ça ne compte pas.

Cali n'est pas d'humeur à se chamailler avec Rio.

— Je vais y penser. Mais pour l'instant, je le garde.

Elle parvient à remplir un autre sac avant d'entendre la conque.

— Il faut revenir, lui dit Rio.

En entrant dans le parc, Cali remarque que son frère a quatre sacs. Tous les autres en ont deux ou trois. Avec son sac supplémentaire, elle pourrait gagner. C'est sa seule chance de demeurer dans la compétition.

Flot l'aperçoit et lui fait signe.

— J'en ai quatre! Je parie que tu en as moins!

Cali serre les dents.

— Viens, Rio. On va remettre tous ces sacs.

— Cinq sacs? dit la directrice. Cali, tu gagnes cette épreuve et tu reçois 10 points.

Ses amies l'acclament.

— Bravo, Cali!

Flot croise les bras et fronce les sourcils.

— Voici les résultats de la journée, annonce la professeure Korla.

Elle montre une grande feuille indiquant les points accumulés. Flot est en tête avec 20 points. Nixie et Cali ont 10 points chacune.

Cali regarde Rio.

— J'ai une chance de gagner, maintenant.

Elle pourrait devenir l'élève de l'année. Pas Flot et elle. Seulement elle. Elle pourrait enfin se démarquer de son frère!

Rio ne dit rien.

— Quoi? chuchote Cali. Je n'ai rien fait de mal.

— Allons nous reposer, se contente de

POINTAGE

Nixie :	☆☆☆☆☆☆☆☆☆☆	10
Flot :	☆☆☆☆☆☆☆☆☆☆☆☆☆☆☆☆☆☆☆☆	20
Cali :	☆☆☆☆☆☆☆☆☆☆	10

dire sa partenaire.

Flot les rattrape sur le chemin du dortoir.

— Tu as peut-être gagné cette épreuve, mais je suis toujours en tête!

— Pour le moment! réplique Cali.

— Veux-tu jouer avec Croquette? propose-t-il. Elle doit s'ennuyer.

— Non, je pense qu'elle ne m'aime pas. De plus, c'est davantage ton animal que le mien.

— C'est *notre* animal. Il faut seulement qu'elle apprenne à te connaître. J'ai pensé à des activités amusantes pour jouer avec elle. Viens au moins lui dire bonjour.

— D'accord, dit-elle en le suivant vers sa chambre.

Flot se dirige vers l'aquarium de la murène.

— Croquette?

Il regarde dans le placard et sous le lit.

— Elle n'est pas ici! Elle est partie! Il faut la trouver!

Chapitre 7

Cali, Flot et leurs ponippocampes ressortent pour chercher la murène aux alentours.

— Croquette! Où es-tu? crie Flot.

— Elle pourrait être n'importe où, dit Cali. On a été absents toute la journée. Elle a pu nager très loin d'ici.

Devant le désarroi de Flot, elle oublie qu'elle n'aime même pas la murène.

— On pourra en avoir une autre.

— Je n'en veux pas une autre. Je veux Croquette! proteste son frère.

— Il va bientôt faire noir. Il ne reste pas beaucoup de temps pour chercher.

— On pourrait laisser une assiette de nourriture sur le bord de la fenêtre de ta chambre au cas où elle reviendrait, suggère Jusant.

Flot répond en reniflant :

— Oui, peut-être.

Cali a envie de lui dire que s'ils avaient choisi une jolie limace de mer, elle n'aurait pas pu s'enfuir bien loin. Mais elle sait que cela ne le réconfortera pas.

— Cherchons jusqu'à ce qu'il fasse noir, insiste-t-il.

— On pourrait se séparer et se retrouver

ici ensuite, propose Cali.

Ils partent donc dans des directions différentes en appelant Croquette. Cali n'est même pas certaine que la murène reconnaisse son nom. Elle soulève des roches et regarde dans des crevasses. Les murènes sont des nageuses rapides *et* sont très douées pour se cacher.

Les jumeaux et leurs ponippocampes se retrouvent au dortoir quand le soleil se couche. Ils sont tous bredouilles.

— On cherchera encore demain, avant le tournoi, dit Cali.

Elle a du mal à dormir cette nuit-là. Elle ne cesse de se retourner dans son lit. Croquette ne lui manque pas, mais elle a de la peine pour son frère. Même si elle veut accomplir des choses par elle-même, elle n'aime pas le voir aussi triste.

Et elle ne peut s'empêcher de penser à l'épreuve de la collecte d'ordures. Elle n'a pas demandé ce sac supplémentaire, et a même ramassé une partie des déchets qui en sont tombés. Alors, pourquoi a-t-elle l'impression d'avoir triché?

À son réveil le lendemain matin, Cali nage vers la chambre de Flot.

— Est-ce que Croquette est revenue pour la nourriture?

Flot se précipite vers la fenêtre et voit une méduse qui picore dans l'assiette.

— Non.

Ils retournent à l'extérieur et cherchent durant une heure, mais ne voient aucune trace de la murène disparue.

Ils nagent ensuite jusqu'à l'école. Flot est si triste qu'il n'essaie même pas de faire la course avec sa sœur.

— Bonjour à tous! dit la directrice Vanora. En cette deuxième journée du tournoi, la première épreuve est très importante. Il s'agit de récolter du corail luisant pour nos lampadaires. L'élève qui en aura le plus et

celui qui trouvera le plus gros morceau de corail auront 10 points chacun. Vous avez une heure.

Flot s'éloigne sans dire un mot.

— Bonne chance! lui lance Cali.

Toujours déterminée à gagner, elle monte sur Rio avec deux sacs et part sans attendre ses amies. Elle travaillera mieux seule.

Elle trouve quelques bons emplacements où il y a une grande quantité de corail luisant. Elle est si rapide qu'elle remplit les deux sacs et a même les bras chargés de corail lorsque l'heure est écoulée.

— Bravo, Cali! dit la directrice.

Flot s'approche avec un sac à peine rempli. Beaucoup d'autres élèves en ont plus que lui.

— Que s'est-il passé? demande Cali. Tu

n'en as presque pas.

— Pendant que je ramassais le corail, je cherchais aussi Croquette. Je ne l'ai pas trouvée.

Cali a de la peine pour lui. Il ne retrouvera probablement jamais sa murène.

— Lana a trouvé le plus gros morceau de corail et gagne 10 points! annonce la directrice. Cali en a ramassé la plus grande quantité et obtient également 10 points!

— Youpi! s'écrie Cali en se tournant vers Rio. Maintenant, on est ex æquo, Flot et moi.

Mais sa ponippocampe ne sourit pas.

— Tu ne serais pas en tête avec lui si tu n'avais pas reçu un sac d'ordures supplémentaire, chuchote-t-elle.

— Allons, Rio! Tu es censée être mon

amie!

— Je le suis. Les amis se le disent quand ils n'agissent pas bien.

Cali secoue la tête.

— Viens! C'est l'heure de la course d'obstacles!

Les enseignants chronomètrent les élèves pendant qu'ils effectuent le parcours

un à la fois. Chaque sirénien doit nager sous des filets et au-dessus, détacher une conque à l'aide d'une seule main et franchir un labyrinthe de tunnels de lave. C'est tellement amusant que Cali en oublie temporairement ses soucis.

Nixie a le meilleur temps. Cali est un peu déçue, mais Flot n'a même pas l'air fâché. Il

est triste à cause de Croquette.

La directrice se gratte la tête.

— Je n'en reviens pas. Trois concurrents sont ex æquo au terme du tournoi.

Des exclamations fusent parmi les élèves.

— Cali, Flot et Nixie ont 20 points chacun, ajoute la directrice. Faisons une pause pour dîner. Ensuite, nous annoncerons une épreuve pour les départager.

Chapitre 8

Nixie saisit les mains de Cali.

— C'est incroyable!

Cali cligne des yeux à quelques reprises.

— Je sais!

Ses inquiétudes lui reviennent à l'esprit. Le sac à ordures, la tristesse de Flot qui lui a enlevé l'envie de gagner. Elle se tourne vers son frère, mais il regarde au loin avec une expression absente. Pour elle, la victoire ne serait pas aussi satisfaisante en sachant que

Flot n'a pas fait tous les efforts nécessaires.

Elle nage vers lui.

— Pourquoi n'as-tu pas travaillé plus fort pour l'épreuve du corail? lui demande-t-elle. Ces derniers temps, tu essayais de me battre à chaque occasion, pourtant.

Sa colère remonte en songeant aux tentatives de son frère pour la supplanter dans tous les domaines.

— Quoi? J'essayais juste de m'amuser avec toi.

— Tu passes ton temps à me défier! réplique Cali.

Flot a une expression perplexe.

— Mais non! On a toujours joué ensemble. Du moins, jusqu'à ce qu'on fréquente l'école de sauvetage.

— De quoi parles-tu?

— On ne fait pratiquement plus rien ensemble, Cali. C'est comme si tu ne voulais plus me voir. Je m'ennuie de passer du temps avec toi.

Cali courbe les épaules.

— Je suis désolée. Je tentais juste de me démarquer. On a toujours été « les jumeaux », comme si on n'avait pas notre propre personnalité. J'essayais de faire mes preuves. Je ne voulais pas que tu te sentes abandonné.

— Bon, je vais arrêter de te lancer des défis, dit son frère en détournant le regard. Je suppose qu'on a grandi et qu'on n'est plus aussi proches qu'avant. Je peux passer du temps avec Croquette et Jusant. Si je finis par retrouver Croquette...

Le cœur de Cali se serre. Est-ce vraiment ce qu'elle veut? Elle n'en est plus certaine. Mais elle sait une chose : ils doivent retrouver la murène de Flot.

— Hé, tout le monde! crie-t-elle. La murène de Flot a disparu.

— C'est notre murène, rectifie doucement

Flot.

Cali hoche la tête.

— En effet. Je vais la chercher. Vous venez avec moi?

La plupart des élèves la suivent et elle sourit, soulagée. Elle en a assez de s'inquiéter et de rivaliser avec tout le monde... y compris son frère.

— Les ponippocampes pourraient aller chercher des collations et vous les apporter plus tard, suggère Jusant.

— Merci, dit Flot, étonné et réconforté.

— Séparons-nous en groupes et retrouvons-nous ici dans une heure, dit Cali. Si quelqu'un la trouve, avertissez-nous sur nos coquillages de secours.

— Parfait, dit Dorado.

— Je viens avec vous, propose Nixie.

— Moi aussi, dit Lana.

Les autres sirenfants se séparent en deux groupes et s'éloignent.

— J'ai lu à propos des murènes, dit Flot. Apparemment, elles aiment vivre dans des grottes.

— D'accord, répond sa sœur. On devrait aller en périphérie de la ville.

— Apportons des morceaux de corail luisant pour pouvoir regarder dans les grottes, suggère Flot.

— Bonne idée, dit Nixie.

Avant de partir, ils prennent chacun un morceau de corail dans la pile amassée par les concurrents.

— Qu'arrivera-t-il si on trouve la grotte

du kraken par accident? demande nerveusement Lana en route.

— Ce n'est qu'une ancienne légende, répond Nixie. Je suis sûre que s'il y avait un kraken par ici, quelqu'un l'aurait vu. Il est censé être énorme!

— Et il y a un trésor dans sa grotte, ajoute Cali. Alors, si on le trouve, on sera riches!

Flot ricane.

— Oui, je suis certain qu'il nous laisserait prendre son trésor! Concentrez-vous sur la murène, les amis. Ne pensez pas au kraken. Cela n'arrivera jamais. Si on le trouve, je suis prêt à manger un seau de coquillages!

— Maintenant, j'ai bien envie de trouver ce kraken! dit Nixie en rigolant.

Ils continuent de nager, puis Cali aperçoit une grotte devant eux.

— Allons l'explorer.

Mais après toutes ces blagues à propos du kraken, elle est un peu nerveuse.

— Entre en premier, dit-elle à Flot.

Il prend une grande inspiration, puis se glisse dans l'entrée de la grotte en brandissant son morceau de corail luminescent.

— Croquette?

Cali jette un coup d'œil.

— Il n'y a que de petits poissons ici.

Rio, Jusant et Zip s'approchent d'eux avec des collations.

— Nos sacs sont remplis de nourriture. Servez-vous!

Cali prend un sandwich au varech et s'empresse de le manger. Elle aperçoit quelque chose du coin de l'œil. Qu'est-ce qui a bougé là-bas? Était-ce un éclair? Comme les autres sont encore en train de manger, elle prend son corail et leur dit :

— Je reviens tout de suite.

Elle voit de nouveau l'éclair et nage dans sa direction. Peu importe ce que c'est, cela vient d'une grotte. Une énorme grotte. Elle regarde derrière elle, mais ne voit plus ses amis. *Ce n'est pas grave. Je les appellerai avec mon coquillage de secours s'il le faut.*

Elle approche lentement de la grotte et brandit son corail dans l'obscurité. Elle voit des objets éparpillés un peu partout.

Puis elle aperçoit deux énormes yeux qui la fixent.

Chapitre 9

Cali a envie de crier. Elle devrait prendre son coquillage de secours et appeler ses amis, mais elle est figée de frayeur. Elle ouvre la bouche, mais seul un faible son s'en échappe.

Les yeux disparaissent, puis son corail éclaire un objet scintillant pendant un bref instant.

Cali cligne des yeux. Serait-ce l'Étoile nocturne? Elle laisse tomber le corail et saisit son coquillage de secours.

— Venez! J'ai besoin d'aide!

Zip, le ponippocampe de Nixie, arrive en quelques secondes. Sa magie marine lui permet de nager à une vitesse phénoménale.

— Qu'est-ce qui se passe? demande-t-il.

— Je ne suis pas certaine, répond Cali. Il y a quelque chose... dans cette grotte. Avec de grands yeux. Et... il y a un t-t-trésor.

— Tu es sûre que ce n'est pas seulement ton imagination? On vient de parler du kraken.

Les autres arrivent à leur tour.

— Qu'est-ce qu'il y a? demande Flot. As-tu trouvé Croquette?

Cali secoue la tête.

—Je pense que tu devras manger des

coquillages, dit-elle avant de baisser la voix. Je crois qu'il s'agit du... du kraken.

— Ce serait étonnant, commente Zip d'un air sceptique.

— Croquette a de petits yeux perçants, ajoute-t-elle. J'ai vu une paire d'énormes yeux là-dedans. Et quelque chose de brillant, qui ressemblait à...

— À quoi? demande Nixie.

Cali ne sait pas si elle devrait leur dire qu'elle a cru voir l'Étoile nocturne. Car si cette pierre est bien là, elle veut la récupérer elle-même pour obtenir les 50 points supplémentaires. Ainsi, ce ne serait pas grave qu'elle ait pris ce sac à ordures. Elle aurait assez de points pour gagner sans lui. Et tout le monde saurait qu'elle a trouvé le joyau

disparu. Cela lui permettrait de se distinguer. Et les livres d'histoire parleraient sûrement d'elle.

— Ce n'était probablement rien, finit-elle par répondre.

— Quelqu'un devrait-il entrer dans la grotte? demande Nixie.

Personne ne répond.

— Croquette? appelle Flot. Es-tu là-dedans?

Un bruit leur parvient de l'intérieur de la grotte.

— Qu'est-ce qu'on fait? chuchote Nixie.

— Rio, peux-tu souffler une bulle de protection autour de nous? demande Ondine.

Rio secoue la tête.

— Je ne peux pas en faire une assez grosse.

— Flot, est-ce que Jusant peut envoyer des bulles incapacitantes dans la grotte? demande Cali. Même si Croquette est là et en reçoit une, cela ne la blessera pas.

— Bonne idée, dit son frère. Vas-y, Jusant!

Son ponippocampe projette des bulles incapacitantes dans la grotte, mais elles ne font que frapper les murs et le plafond. Les bruits continuent.

Tout le monde se regarde nerveusement.

— Il faut savoir ce qui se cache là-dedans, déclare Cali. Lancez tous votre corail luisant à l'intérieur afin d'illuminer la grotte.

Les quatre enfants lancent leur corail. Ils aperçoivent beaucoup d'objets, comme des bijoux, des coquillages... même certains qu'ils viennent juste de peindre!

— Comment sont-ils arrivés ici? demande Nixie.

— Je ne sais pas, répond Cali.

Puis elle voit encore les grands yeux... et constate que c'est l'une des petites pieuvres de l'autre jour!

Elle éclate de rire.

— Regardez!

— Et voilà Croquette! s'écrie Flot.

Tout le monde se réjouit.

— Viens ici, Croquette, ajoute-t-il.

La murène montre les crocs.

Cali aperçoit soudain l'Étoile nocturne, tout au fond de la grotte. Il faut qu'elle entre pour aller la chercher.

Mais avant qu'elle puisse bouger, Zip s'exclame :

— Est-ce une fissure que je vois au plafond?

— Je me demande si c'est à cause des bulles incapacitantes, dit Cali.

Au même moment, un rocher se détache du plafond de la grotte. Puis un autre.

— La grotte est en train de s'écrouler! s'écrie Rio.

Zip, Nixie et Ondine reculent aussitôt.

— Venez! lance Nixie.

— Il faut qu'on sauve les animaux! répond Flot.

— Mais vous devez vous mettre en sécurité, dit Zip. C'est trop dangereux.

— Croquette est mon animal, insiste Flot.

— Et j'ai vu l'Étoile nocturne à l'intérieur, ajoute Cali. Au fond de la grotte.

Elle disparaîtra pour toujours si la grotte

s'effondre.

—Je pourrais souffler une bulle de protection pour soutenir l'entrée, propose Rio. Cali, reste ici. La bulle est plus solide quand tu es avec moi.

— Je vais entrer, dit Flot.

Il disparaît dans la grotte. Cali sait que s'il trouve l'Étoile nocturne, il recevra les 50 points. Il aura toute la gloire et pas elle. Mais ça n'a plus d'importance. Elle veut juste qu'il revienne sain et sauf.

— Sois prudent! lui crie-t-elle.

Quelques roches tombent autour de l'entrée de la grotte.

— Vite! crie Rio. Je ne sais pas combien de temps ma bulle de protection va tenir!

Chapitre 10

Flot sort de la grotte juste au moment où la bulle de Rio crève et où l'entrée s'écroule. Il a Croquette dans une main et la pieuvre dans l'autre.

— As-tu pris l'Étoile nocturne? demande sa sœur.

Il secoue la tête.

— J'ai tendu la main pour la prendre, mais des roches se sont mises à tomber et j'ai dû repartir.

Cali a le cœur serré. Le joyau est probablement enseveli et perdu pour toujours.

Croquette se met à tousser.

— Ça va? lui demande Flot, inquiet.

Croquette tousse à quelques reprises, puis recrache une pierre brillante.

Cali cligne des yeux.

— Croquette a l'Étoile nocturne!

— Flot! Tu vas recevoir 50 points de plus! s'exclame Jusant.

— Allons voir la directrice! ajoute Nixie.

Cali pensait qu'elle serait déçue, mais ce n'est pas le cas. En fait, elle est un peu soulagée de ne pas gagner le tournoi. Maintenant, ce n'est plus grave qu'elle ait accepté ce sac à ordures. Étonnamment, elle est heureuse pour son frère.

La pieuvre se tortille dans la main de Flot et nage vers Cali en ouvrant et refermant ses grands yeux. La sirène éclate de rire.

— Je n'en reviens pas d'avoir cru que tu étais le kraken. Tu es si petite!

Elle tient la minuscule bête dans sa main et lui sourit.

— Retournons à l'école, dit Zip.

Nixie prend son coquillage de secours.

— On a trouvé Croquette! Et autre chose! Rendez-vous à l'école!

Ils se précipitent à l'école de sauvetage, où la directrice et les enseignants attendent à l'extérieur.

— Nous avons trouvé une épreuve parfaite pour choisir le gagnant, déclare la directrice.

— Ce ne sera pas nécessaire, dit Nixie. Regardez ce que Flot a trouvé!

Ce dernier tend le joyau à la directrice.

— Est-ce l'Étoile nocturne?

La directrice examine la pierre soigneusement et la tend vers la lumière. Puis elle sourit.

— Je crois bien que oui! Où l'as-tu trouvée?

— Dans une grotte remplie d'objets. Croquette était là également!

— Ainsi que cette petite pieuvre, ajoute Cali. Elle a dû apporter tous ces objets à la grotte. On a secouru un groupe de bébés pieuvres la semaine dernière en les ramenant à leur cuvette de marée. Celle-ci a

dû être séparée du groupe.

— Je me demande si c'est elle qui a apporté l'Étoile nocturne dans la grotte, dit Nixie.

— Peut-être, répond la professeure Korla. Mais peu importe comment elle s'est retrouvée là, c'est Flot qui l'a trouvée. Il obtient donc 50 points. Ce qui en fait le vainqueur du tournoi!

Tout le monde acclame Flot, qui s'incline.

Cali voudrait dire qu'elle a vu l'Étoile nocturne en premier, mais c'est Flot qui a eu le courage d'entrer dans la grotte. Il mérite qu'on le félicite. Elle est tout de même triste de ne pas avoir trouvé une façon de se démarquer.

Elle n'en trouvera peut-être jamais...

— Venez à l'auditorium dans une demi-heure pour la cérémonie de remise de médaille, dit la directrice.

La plupart des sirenfants et des ponippocampes s'éloignent en riant et en bavardant.

Cali s'approche de son frère.

— Félicitations. Je suis contente que tu aies trouvé Croquette et l'Étoile nocturne.

Flot ne sourit pas.

— Qu'y a-t-il?

— Rien, marmonne-t-il en regardant la pieuvre. Je suppose que j'aurais dû choisir un animal dont il est plus facile de s'occuper. Comme cette petite bête.

Il chatouille la pieuvre.

— Attention! Elle pourrait t'asperger

d'encre!

La petite pieuvre prononce quelques mots.

— Elle veut parler! dit Rio. Sortez votre coquillage de communication.

Cali sort le sien de sa cape de sauvetage.

— Qu'as-tu dit? demande-t-elle à la pieuvre.

— J'ai dit que je ne peux pas l'arroser. Je suis née sans encre.

Cali demeure bouche bée. Une pieuvre qui ne serait pas salissante?

— Je me demande si maman me laisserait la garder.

— J'aimerais bien être ton animal de compagnie! dit la pieuvre.

— Mais on a déjà Croquette, proteste

Flot.

— Peut-être que si on parle ensemble aux parents, ils changeront d'avis et nous laisseront en avoir deux. On travaille bien en équipe. Regarde ce qu'on a réussi à la grotte!

Elle lui donne un petit coup de coude.

Son frère et elle sont mieux ainsi, quand ils collaborent plutôt que quand ils rivalisent.

— Je ne veux pas que tu arrêtes de me mettre au défi, ajoute-t-elle. Je veux me démarquer, c'est vrai, mais on est jumeaux! On sera toujours proches.

Flot sourit.

— Super. J'aime passer du temps avec toi. Et tu es la seule qui réussit presque à me battre.

— Tu veux dire que je suis la seule à te battre tout le temps?

— C'est ce qu'on va voir.

Cali réplique en riant :

— Faisons la course jusqu'à l'auditorium!

Flot s'élance, aussitôt suivi de sa sœur. Ils arrivent en même temps et éclatent de rire.

La directrice et les enseignants sont sur la scène. Les élèves prennent place pendant que Flot se dirige vers l'avant.

— Nous avons le plaisir de remettre la médaille du premier tournoi de l'École de sauvetage des sirènes royales! annonce la professeure Korla.

— Prince Flot de Coquina, reprend la directrice en passant la médaille autour de son cou, je te déclare élève de l'année!

Tout le monde applaudit.

Cali s'attend à ce que son jumeau fasse le tour de la scène en criant de joie et en levant le poing dans les airs. Mais non. Il contemple la médaille dans ses mains et dit :

— Je ne peux pas l'accepter.

Chapitre 11

Des exclamations étonnées fusent dans l'assistance.

— Je ne comprends pas, dit la directrice. Tu as fait tellement d'efforts pour gagner!

Flot pousse un soupir.

— Je sais. Mais c'est Cali qui a vu l'Étoile nocturne au fond de la grotte. Alors, techniquement, c'est elle qui l'a trouvée. Et je ne l'ai même pas ramassée. C'est Croquette qui l'a prise!

La directrice éclate de rire.

— Donc, c'est Croquette qui devrait avoir les 50 points?

— Non, c'est Cali, répond Flot en redonnant la médaille à la directrice.

Cali a le ventre serré. Elle n'arrive pas à le croire. Flot a gagné, mais il refuse la médaille? Elle tente de ne pas penser au sac à ordures.

La directrice se tourne vers la salle en souriant.

— Bien. Dans ce cas, Cali, viens chercher ta médaille!

— Vas-y, dit Rio sans son sourire habituel.

Cali nage vers la scène. La directrice met la médaille autour de son cou.

— Je suis fière de toi! Tu as travaillé très fort durant toutes les épreuves. Tu as ramassé tellement de corail... et de déchets! Et tu as trouvé l'Étoile nocturne. Nous sommes bien près de recouvrer les pouvoirs protecteurs du Trident magique. Bravo, Cali!

Tous les élèves applaudissent, mais Cali a les lèvres tremblantes. Elle pensait que ce serait merveilleux de gagner cette médaille et de battre son frère. Elle se démarque enfin comme elle l'a toujours souhaité. Mais elle se sent coupable.

— Qu'est-ce qu'il y a? demande la professeure Korla. Je m'attendais à ce que tu sois plus excitée par un tel honneur.

Cali baisse la tête et prend une profonde inspiration.

— C'est un grand honneur, mais je ne peux pas l'accepter. Quand je ramassais des déchets, j'ai croisé une sirène qui sortait ses ordures. Quelques déchets sont tombés et je les ai remis dans le sac, mais je ne les ai pas vraiment ramassés moi-même. J'ai remis ce sac à la fin de l'épreuve, mais en réalité, j'en avais rempli quatre, pas cinq.

Elle regarde la directrice, les yeux pleins de larmes.

L'assistance est silencieuse. Mais Cali se sent déjà moins coupable.

— Tu as quand même trouvé l'Étoile nocturne, intervient Flot. Ces 50 points te placeraient devant tout le monde, même si tu n'avais pas gagné l'épreuve des déchets.

— Mais j'ai triché. Je ne les mérite pas.

Cali enlève la médaille et la remet à la directrice.

— Je ne croyais pas que j'aurais autant de mal à remettre cette médaille, dit cette dernière en rigolant. Mais je suis fière de vous. Ce n'est pas facile d'admettre qu'on a tort quand on a fait quelque chose qui nous semble incorrect.

— Je me sentais mal à l'intérieur, reconnaît Cali.

— C'est toujours une bonne indication, dit la professeure Korla. Si on a l'impression que c'est mal, c'est probablement le cas. C'est une bonne leçon pour nous tous.

La directrice brandit la médaille.

— Nixie, es-tu prête à accepter cette médaille et à devenir l'élève de l'année?

Nixie hoche la tête et nage vers la scène. Elle prend les mains de Cali et de Flot.

— Je suis fière d'être dans l'équipe de sauvetage avec vous deux.

— Nous avons tous appris une leçon importante aujourd'hui, ajoute la directrice. Merci d'avoir été honnêtes. Nixie, je te déclare élève de l'année!

Des acclamations retentissent. Flot et Cali échangent un sourire.

— Prêt à nager jusque chez nous? demande-t-elle à son frère.

— Oui. N'oublie pas d'apporter la pieuvre pour qu'on puisse plaider notre cause auprès de papa et maman... ensemble.

Rio attend Cali à sa sortie de la scène. La petite pieuvre est à ses côtés.

— Je suis fière de toi, dit sa partenaire.

Cali soupire.

— J'aurais dû t'écouter dès le début. Je savais que j'avais tort, mais...

— Mais tu voulais gagner à tout prix. Sauf que ce n'est pas tout de gagner.

— Je sais, dit Cali en jetant un coup d'œil à son frère. Par contre, je ne crois pas que j'arrêterai de vouloir battre Flot!

— Bien sûr que non! réplique Rio. Vous êtes toujours des jumeaux!

Chapitre 12

Flot et Cali rentrent chez eux, accompagnés de leurs ponippocampes et de leurs animaux de compagnie. Pour une fois, ils ne font pas la course.

Cali se croise les doigts et dit :

— J'espère que papa et maman vont dire oui!

Lorsqu'ils arrivent au château, leurs parents les attendent à l'extérieur.

— Qui a gagné le tournoi? demande leur

père.

Il les regarde tour à tour, attendant leur réponse.

— Aucun de nous deux! dit Cali en riant.

— C'est Nixie qui a gagné, ajoute Flot.

Leur mère hausse un sourcil.

— Ça n'a pas l'air de vous déranger.

Cali hausse les épaules.

— Non. On a fait de notre mieux.

— C'est suffisant, dit leur père. Faire de son mieux ne veut pas dire être le meilleur.

Ces paroles réconfortent Cali.

— On a quelque chose à vous demander, intervient Flot.

Il leur explique ce qui s'est passé avec Croquette et la grotte.

— Flot adore Croquette, explique Cali,

mais j'aime vraiment beaucoup cette petite pieuvre. Elle aimerait vivre avec nous. Elle n'a pas d'encre, alors elle ne salirait rien.

— On vous le demande ensemble parce qu'on a compris qu'on est meilleurs en collaborant que lorsqu'on rivalise, ajoute Flot.

Leurs parents se regardent et hochent la tête.

— Vous m'impressionnez, dit leur mère.

— C'est exactement ce qu'on espérait, renchérit leur père.

— C'est une bonne idée que vous ayez chacun votre animal, reprend leur mère.

— Super! s'exclame Flot en souriant.

— Merci! ajoute Cali.

La petite pieuvre tourne sur elle-même, ravie.

— Comment vas-tu l'appeler? demande Flot.

Sa sœur réfléchit un moment.

— Je crois que tu avais tort en disant que Croquette a trouvé l'Étoile nocturne. C'est la pieuvre qui l'avait apportée là.

— C'est vrai! dit la pieuvre par le biais du coquillage de communication. Je l'avais

trouvée dans une autre grotte. Elle était tellement brillante!

— Alors, je vais te baptiser Nocturna en l'honneur de l'Étoile nocturne.

— J'adore ce nom! dit la petite pieuvre.

Cali sourit à son frère.

— Merci de m'avoir aidée à convaincre papa et maman.

Flot hésite un instant, puis la serre dans ses bras.

Étonnée, elle lui rend son étreinte.

— Je parie que je peux te serrer plus longtemps, chuchote Flot.

— Impossible, réplique Cali en l'étreignant plus fort.

Elle est heureuse d'avoir un frère jumeau. Et ravie d'avoir enfin compris qu'ils formeront toujours une équipe.

À PROPOS DE L'AUTEURE

Lisa Ann Scott a signé plusieurs livres pour les jeunes, dont les séries *La fée des souhaits* et *L'école des poneys enchantés.* Cette ancienne journaliste et présentatrice de nouvelles travaille actuellement comme auteure et spécialiste de voix hors champ. Elle vit dans l'État de New York avec son mari et ses deux enfants.